I0556963

www.ingramcontent.com/pod-product-compliance
Lightning Source LLC
Chambersburg PA
CBHW072048170626
46811CB00008B/3217
9780463252536

جيناتي
قصة خيالية

إعداد وتحرير: رأفت علام

مكتبة المشرق الإلكترونية

صدر في مايو ٢٠٢٠ عن مكتبة المشرق الإلكترونية – مصر

ISBN: 9780463252536

Table of Contents

جيناتي

النسخة..

«إنها مهزلة.. فضيحة ومهزلة معا!..».

صرخ (أسامة الدالي)، الملياردير المعروف، بتلك الكلمات في غضب هادر، وهو يضرب سطح مكتبه بقبضته، ويواجه رؤساء الأكاديمية الطبية الخاصة التي يمتلكها، والتي شيدها بكفاحه وإصراره، منذ بدايات القرن الحادي والعشرين، قبل أن يستطرد:

- كيف أمتلك أكبر إمبراطورية طبية في الشرق الأوسط كله، وأعجز عن علاج كبد متليف؟.. كيف؟.. إنني لم أبخل عليكم أبدًا بأحدث الأجهزة الطبية الإليكترونية، حتى أنكم تستطيعون الآن إجراء أعقد العمليات الجراحية، دون الاستعانة بمساعدين.. هل كنتم تفعلون هذا في الماضي؟.. هل كان بإمكان الواحد منكم إجراء عملية نقل قلب بمفرده، كما تفعلون الآن؟

غمغم أحد الأطباء في ضيق:

- لا.. كان هذا مستحيلاً في القرن العشرين، أما الآن فنحن نفعلها، ولكن العالم كله يفعلها.

صرخ (أسامة):

- ماذا تعني؟.. أتعني أنني لم أضف جديدًا؟

زفر طبيب آخر في ضيق، وهو يقول:

- ليس هذا ما أقصده، وإنما أقصد أن الطب يتطور في العالم كله، وعلى الرغم من ذلك، فمشكلة كبدك مشكلة عويصة معقدة بالفعل، ليس لصعوبة استبداله بكبد أخرى، فبنوك الأعضاء تنتشر الآن في العالم أجمع، وشراء كبد سليمة لن يتكلف أكثر من مليون ونصف مليون من الجنيهات، ولكن المشكلة الحقيقية هي في فصيلة دمك..

هتف (أسامة) محنقًا:

- وماذا عنها؟

قال الطبيب:

- إنها فصيلة دم شديدة الندرة، حتى إننا لم نجد كبدًا واحدة، في كل بنوك الأعضاء، يصلح للزرع في جسدك، دون أن يتعرض للفظ شديد من خلاياك.

صرخ في حنق:

- ألا توجد وسيلة إذن؟

اقتربت منه طبيبة شابة، وربتت على كتفه في حنان، وهي تقول:

- اهدأ يا (أسامة).. سيوجد حل حتمًا.

صرخ في وجهها، وهو يبعد كفها عن كتفه في قسوة:

- كفى تزلفًا.. إنني أكره أسلوبك الحنون هذا.. أبغضه.

بدت الصدمة على وجهها، وتراجعت كالمصعوقة، وهي تحدق في وجهه في رعب، هاتفةً:

- تبغضه؟!

أجابها في غلظة:

- نعم.. أبغضه.. أبغضه كما أبغض أسلوبك الناعم هذا، وأحب أن أخبرك أن حبك لي هذا أمر سخيف، فلم أخلق للحب.

اتسعت عيناها في ذهول، وهي تردد:

- حبي لك؟

صرخ:

- نعم.. أتريدين وضوحًا أكثر؟

هتفت في مرارة:

- أنت رجل بلا قلب.

واندفعت تغادر الحجرة، وعيون الأطباء تتبعها في إشفاق.. كانوا يعلمون أنها غارقة في حبه بالفعل..

وأنه لا يشعر بها قط..

ولم يكن (أسامة الدالي) أبدًا بالرجل الذي يحب.. لقد وهب قلبه لهدف واحد.. المال.

وفي ثورة، تابع هو، وكأن ما فعله معها لا يستحق التوقف لحظة:

- أريد حلاً.. لا تتركوني هكذا.

تبادل الأطباء نظرات بائسة، قبل أن يغمغم أحدهم في تردد:

- في الواقع، ربما كان الحل الوحيد هو..

قاطعه (أسامة) في لهفة:

- هو ماذا؟

تردد الطبيب لحظة أخرى، ثم أجاب:

- الاستنساخ.

عقد (أسامة) حاجبيه، وهو يقول في حدة:

- ماذا؟

أجابه الطبيب في سرعة:

ـ التزاوج اللاجنسي يا سيدي.. تلك التجارب التي ينكب عليها العلم، منذ الربع الأخير من القرن العشرين الماضي، والتي بلغنا نحن فيها شأنًا جيدًا، مع بدايات القرن الحادي والعشرين.

جلس (أسامة) خلف مكتبه، وبدا الاهتمام الشديد على وجهه، وهو يلوح بكفه، قائلًا:

ـ زدني بالله عليك، فلست طبيبًا مثلكم، لأفهم كل هذا.

تنهد الطبيب في ارتياح، وقال:

ـ حسناً.. سأشرح لك الأمر بالتفصيل يا سيد (أسامة).. إننا سنحصل على خلية واحدة من خلاياك، ونعمل على تنميتها بوسائل صناعية، وباستخدام هرمونات النمو الفائقة القوة، التي تم ابتكارها عام ألف وتسعمائة وتسعة وتسعين، في ظروف صناعية ملائمة، و...

قاطعه (أسامة) بنفاد صبر:

ـ وماذا؟

تراجع الطبيب وكأنما بوغت بالمقاطعة، وعقد حاجبيه في ضيق، وهو يجيب:

ـ باختصار، سننمي خلية من خلاياك، لنحصل على نسخة ثانية منك.

عقد (أسامة) حاجبيه في شدة، وهو يقول:

ـ نسخة؟!

أسرع الطبيب يكمل:

ـ وهذه النسخة ستكون صورة طبق الأصل منك، في هيئتك، وحجمك، وملامحك، وحتى في بصماتك وفصيلة دمك النادرة.

بدأ (أسامة) يستوعب الأمر، وهو يقول في اهتمام:

ـ وفصيلة دمي النادرة أيضًا؟!.. هذا رائع.. أتعني أننا نستطيع في تلك الحالة أن نحصل على كبد ملائمة.

ابتسم الطبيب، وهو يقول:

ـ تمامًا، وستتميز هذه الكبد عن غيرها في كونها من نفس صفاتك بالضبط، لأنه في الواقع جزء منك أنت، ولن يلفظه الجسم مطلقًا.

تألقت عينا (أسامة)، وهو يهتف:

ـ رائع.. رائع.. إنها وسيلة مثالية تمامًا.

ثم استطرد في شغف:

ـ وكم سيحتاج هذا؟

أجابه الطبيب في حماس:

- عام واحد، يمكنك أن تحيا خلاله باستخدام كبد صناعية مؤقتة، وسيتكلف الأمر حوالي عشرة ملايين جنيه، و...
هتف (أسامة):
- النقود لا تهمني.. إنني أشتري حياتي.
تردد الطبيب لحظات، ثم قال:
- هناك مشكلة أخرى.
سأله (أسامة) في جزع:
- ما هي؟!
أجابه الطبيب في خفوت:
- اثنان فقط يمكنهما تخليق ذلك البديل.. الدكتور (رشيد)، و.. والدكتورة (علياء).
ارتفع حاجبا (أسامة)، وهو يهتف في استنكار:
- (علياء)؟!.. تلك المأفونة؟!
أجبه الطبيب:
- إنها الوحيدة المتخصصة في الإنتاج الوراثي الفائق، والتزاوج اللا جنسي، إلى جوار تخصصها كجراحة قلب.
عاد (أسامة) يكرر في استخفاف:
- تلك السخيفة!
لم يجبه أحد هذه المرة، فعقد حاجبيه مفكرًا بعض الوقت، ثم قال في حزم:
- حسنًا.. أتركوا لي هذه المهمة.
غادر الأطباء حجرته، فيما ضغط هو زر الاتصال بينه وبين سكرتيرته، وهو يقول:
- ابعثي في طلب الدكتورة (علياء).. أريدها في حجرتي على الفور.
لم تمض دقائق، حتى كانت الدكتورة (علياء) تدلف إلى حجرته، والحنق يحفر بصماته على وجهها الجميل، إلا أن (أسامة) استقبلها بابتسامة حنون، وهو يقول:
- تقدمي يا عزيزتي (علياء)، لا ريب أنك مستاءة مني كثيرًا.
قالت في سخط، وهي تجلس على المقعد المقابل لمكتبه:
- وماذا تنتظر مني، بعد أن أهنتني أمام الجميع؟
أطلق تنهيدة قوية، وهو يقول:
- حتى أنت لا تقدرين موقفي؟

شعر قلبها بلوعة من أجله، حتى أنها لم تنتبه إلى تمثيله الواضح، وهو يستطرد:

- كنت أتصور أن حبنا سيجعلك تقدرين.

خفق قلبها في عنف، وهي تقول:

- حبنا؟!

رفع عينيه إليها، واستجلب كل مهاراته التمثيلية، وهو يقول:

- ألم تفهمي بعد؟!.. ألم تدركي أنني أحبك؟

ارتفع حاجباها في حنان، وهبت من مقعدها، هاتفةً:

- (أسامة).. أحقًّا ما أسمع؟!

نهض بدوره، واحتضن كفها في راحته، وهو يتطلع إلى عينيها، قائلًا:

- لقد حاولت أن أخفى ذلك في قلبي.. حاولت أن أدفعك لكراهيتي، حتى لا تحزني لموتى المحتم، بعد أن يعجز كبدي عن العمل.

أغرورقت عيناها بالدموع، وهي تقول:

- لا يا (أسامة).. كان ينبغي أن تخبرني.. بإذن الله، سنجد وسيلة لعلاج كبدك حتمًا.. رباه!! لا بد من وسيلة.

تظاهر بالحزن والأسى، وهو يقول:

- فصيلة دمي النادرة تحول دون ذلك يا حبيبتي.. آه لو كان هناك شخص يملك نفس الفصيلة.. آه لو كان لي بديل، يملك نفس صفاتي.

تجمدت الدموع في عينيها، وهي تقول:

- بديل؟!

ثم لم تلبث أن هتفت في حماس:

- نعم.. هذا هو الحل يا حبيبي.. البديل.. سنخلق منك بديلاً، ونحصل على ذلك الكبد..

هتف وكأنه يسمع ذلك لأول مرة:

- كيف؟!

راحت تشرح له في حماس فكرة التزاوج اللا جنسي، وتؤكد له أنها ليست وسيلة جديدة، وأن العلماء يجرونها بنجاح على اللافقاريات، منذ ثمانينات القرن العشرين .

كان هو يتظاهر بالدهشة، حتى انتهت من حديثها، فغمغم في بأس:

- ولكن من يمكنه أن يصنع ذلك البديل، الذي تتوقف عليه حياتي؟

هتفت في حماس:

- أنا!

وأضافت وهي تمسك يديه في قوة:

ـ أنا يمكنني أن أفعل أي شيء من أجلك.. من أجل حبنا.

تطلع إلى عينيها مباشرة، وهو يهتف:

ـ أحقا يا (علياء)؟!.. أهناك أمل في أن أحيا، وفي أن يحيا حبنا.

هتفت في حرارة وحب:

ـ سأبذل قصارى جهدي لتحيا يا حبيبي.. سأصنع، بمشيئة الله، ذلك البديل.. سأصنعه من أجلك أنت..

وفي أعماقه، ابتسم (أسامة) في ظفر..

سيحصل على البديل..

وسيحيا..

لا..

حدق (أسامة الدالي) مشدوهًا، في ذلك الحوض الزجاجي المرتفع، واتسعت عيناه عن آخرهما، وهو يتطلع في ذهول إلى بديله..

إلى نسخة طبق الأصل منه..

كائن بشري كامل، يماثله طولاً وعرضًا وحجمًا..

بديل تام له..

نفس الهيئة..

نفس الملامح..

نفس القسمات..

وابتسمت (علياء) في حنان، وهي تقول:

- بديلك مستعد يا حبيبي.

هتف (أسامة):

- ولكن هذا مذهل.. رائع.. إنه نسخة طبق الأصل مني بالفعل، ولكن كيف أصبح يماثلني سنًا وحجمًا، خلال عام واحد، وأنا الذي احتجت إلى خمسة وأربعين عامًا، لأبلغ ما بلغته.

ربتت على كتفه في حب، وهي تقول:

- إنه العلم، وهرمونات النمو الفائقة يا عزيزي.. إنه البديل الكامل، الذي يحلم به العلم منذ سنوات، والذي كانت تكلفة إنتاجه الباهظة تحول دون إكتمال تجاربه، في ظل الأزمات الاقتصادية الطاحنة، التي تجتاح العالم منذ الربع الأخير من القرن العشرين.

هتف في لهفة:

- ومتى يمكنني أن أحصل على كبده؟

قالت مبتسمة:

- أسبوع واحد على الأكثر.

هتف:

- ولماذا لا أحصل عليه الآن؟

تنهدت، وقالت:

- من أجل التطور العلمي يا عزيزي..

عقد حاجبيه، وهو يقول مستنكرًا:

- أي تطور علمي هذا؟

أشارت إلى الحوض الزجاجي، حيث يسبح البديل في هدوء، وسط سائل أشبه بالسائل الجنيني، الذي يتكون في رحم الأم، وهي تقول في حماس:

- ألا تدرك ما حدث؟ أنت أمام معجزة طبية حقيقية.. أمام أول بديل بشري متكامل ينشأ من تزاوج لا جنسي.. إنه أعظم كشف في قرننا الحادي والعشرين، ومثل هذا الكشف لا ينبغي إهداره من أجل كبد واحدة. هتف محنقًا:

ماذا تعنين؟!.. ألن أحصل على كبده؟

داعبت خصلات شعره الناعمة، وهي تقول في حنان وحماس:

- سنحصل عليه بالطبع يا عزيزي، ولكننا في البداية سنتم تجاربنا على هذا البديل المعجزة.. أتعلم أننا نلقنه لغتنا، عبر وسائل صناعية، منذ بدأنا تخليقه، وأنه سيحصل فور إيقاظنا له على صوتك، وعلى بعض من ذاكرتك.. إننا نحب أن ندرس ذلك أولاً، قبل أن ننتزع كبده.

كان يتمنى أن يرفض هذا العبث في حزم، وأن يأمرها بانتزاع كبد البديل على الفور، إلا أنه كان قد أدرك، خلال عام كامل، تظاهر طواله بالوقوع في حبها، أنها من ذلك النوع العنيد، المستعد لتدمير العملية كلها في لحظة، لو أنه حاول إجبارها على اتخاذ أية خطوة تخالف عقيدتها، لذا فقد قرر الصبر والاحتمال، وهو يقول:

- ومتى ينتهي ذلك!

أجابته باسمه:

- بعد أسبوع واحد فقط يا حبيبي.

غمغم ساخطًا:

- أسرعي بالله عليك، فاستخدام الكبد الصناعية يرهقني للغاية. داعبت خصلات شعره مرة أخرى، وهي تغمغم:

- اطمئن يا حبيبي.

أجبر نفسه على الابتسام في وجهها، قبل أن يغادر معملها محنقًا.. لقد خلقت له البديل..

خلقت من خلية واحدة من خلاياه كائنا كاملاً، سيكون السبب في إنقاذ حياته، وإنقاذ كبده التالفة..

هكذا يؤكد أنها عالمة عبقرية..

ولكنه يبغضها.

يبغضها كما لم يبغض مخلوقًا من قبل..

ربما لأنه اضطر لعام كامل أن يتظاهر بحبها..

أو لأنها تفوقه علمًا وذكاءً..

أو للسببين معًا..

المهم أنه يكرهها..
وفي أعماقه، قرر أن يفصلها من مؤسسته العلاجية، فور نجاح عملية انتقال الكبد..
سيفصلها بلا رحمة..

***

كانت لحظة رائعة في حياة (علياء)، تلك التي استيقظ فيها البديل..
كانت لحظة تحمل لها كل الفخر والظغر..
لحظة انتصارها..
وفي شغف شديد، راحت تتطلع إلى عيني البديل، اللتين هما نسخة طبق الأصل من عيني (أسامة)، وملأت بصرها بملامحه الوسيمة، التي تنطبق تمام الانطباق على ملامح حبيبها، قبل أن يغمغم البديل بصوت (أسامة):
- أين أنا؟
غمغمت وقلبها يختلج انفعالاً:
- مرحبًا بك في عالمنا.
تمتم في دهشة:
- عالمكم؟
حاول أن ينهض، إلا أن عضلاته كانت واهنة للغاية، فساعدته هي على النهوض، وهي تقول في حنان:
- سترهقك الحركة في البداية فحسب، وبعدها ستساعدك العقاقير، التي أحقنك بها، على أن تصبح طبيعيًا.
تطلع إلى وجهها لحظات، قبل أن يتمتم في إرهاق:
- إنني أذكرك.
هتفت في حماس:
- بالتأكيد، فأنت تحمل جزءًا من ذاكرته.
راح يتفرس في ملامحها لحظات، قبل أن يقول في حيرة:
- أنت طبيبة.. نعم.. واسمك (علياء).
هتفت في سعادة:
- هذا صحيح.. أكمل..
بدا وكأنه يعتصر ذهنه في عنف، وهو يقول:
- وأنا (أسامة).. نعم.. اسمي (أسامة).. (أسامة الدالي).. يا إلهي!!.. كم يؤلمني أن أتذكر..
قالت في حماس:

- لا تبذل جهدًا.. إنك تحمل الكثير من ذاكرة أصلك، وستستعيد تلك الذكريات الموروثة تلقائيًا.. فقط استرح، ولا تبذل جهدًا.
حدق في وجهها لحظة، ثم ارتسم شيء أشبه بالذعر في ملامحه، وهو يقول:
- لا.. أنا لست (أسامة).
توترت أعصابها، وهي تسأله في خفوت:
- من أنت إذن؟
أجابها في حزن:
- أنا بديل.. مجرد بديل له.
هتفت في دهشة:
- كيف عرفت؟
هز رأسه في حيرة، مغمغما:
- لست أدرى.. لقد عرفت بغتة، وكأنما كان هذا مختزنًا في بقعة ما من ذاكرتي.
تطلعت إليه في إشفاق، ثم ربتت على كتفه في حنان، قائلة:
- لا تجعل هذا يقلقك.
ارتفع من خلفها صوت يهتف في انبهار:
- هل استيقظ؟
أدارات عينيها إلى مصدر الصوت، وخيل إليها أنها تشاهد صورة في مرآة، للجالس أمامها، فقد كان (أسامة) وبديله متطابقين أشد التطابق، حتى أن البديل قد عقد حاجبيه، وراح يتطلع إلى (أسامة) في دهشة، في حين أجابت (علياء) في سعادة:
- نعم يا حبيبي.. لقد استيقظ، وهو يتحدث بلسانك، ويملك بعضًا من ذاكرتك، كما توقعنا.
اقترب (أسامة) من بديله، وراح الإثنان يتطلع بعضهما إلى البعض لحظات في صمت، قبل أن يغمغم (أسامة):
- مذهل.
ثم التفت إلى (علياء)، هاتفًا:
- إنه نسخة طبق الأصل مني.
أجابه البديل في خفوت:
- أنت أيضًا نسخة طبق الأصل مني.
حدق (أسامة) في وجه بديله لحظة، ثم لم يلبث أن أطلق ضحكة مجلجلة، وهو يهتف:

- رائع يا (علياء).. رائع.. إنني واثق الآن من الشفاء.. لقد تحدثت مع الدكتور (ماجد)، وهو مستعد لنقل كبد هذا البديل لي، فور انتهائك من..

قاطعه البديل فجأة، وهو يقول في حزم:

- لا..

التفت إليه (أسامة) في دهشة، وحدق في وجهه لحظة مستنكرًا، قبل أن يقول في حدة غاضبة:

- ماذا تعني بـ(لا)؟

أجابه البديل في صرامة:

- أعني أنك لن تحصل على كبدي أبدًا

ثم أضاف في لهجة كالفولاذ:

- أبدًا.

صراع..

انعقد حاجبا (أسامة) في شدة، وهو يتطلع إلى محامي مؤسسته، هاتفًا في غضب مستنكر:

- ماذا تعني بأنني لا أستطيع الحصول على كبده؟!.. إنه هو نفسه جزء مني، وملك لي.

هز المحامي رأسه نفيًا، وتطلع في دهشة لم تفارقه بعد، إلى ذلك البديل، الذي جلس في ركن حجرة مكتب (أسامة)، والصرامة والعناد يملآن ملامحه، وحوله حارسان من حرس المؤسسة، ثم قال:

- صحيح أنه جزء منك يا سيد (أسامة)، كما تؤكد الدكتورة (علياء)، وكما يؤكد ذلك التطابق المذهل بينكما، إلا أن وجوده في الحياة يمنحه كل حقوق الكائن البشري الحي.. بما في ذلك أنه ليس ملكًا لأحد.. وأنه الوحيد الذي يملك حق التبرع بأعضائه، ولا يمكن إجباره على هذا.

صاح (أسامة) محنقًا:

- ولكننا خلقناه من أجل هذا.

قال المحامي:

- هذا لا يمنحك الحق في استخدام جسده كما تشاء.. فهذا الأمر، على غرابته، يشبه إنجابك لطفل ما.. إنك تنجبه بنفسك، وتمنحه جزءًا من ذاتك، وعلى الرغم من هذا فأنت لا تملك حق انتزاع عضو من أعضائه.

بدا الغضب على وجه (أسامة)، وهو يقول:

- كان ينبغي أن أعلم ذلك منذ البداية، بدلاً من أن أنتظر عامًا كاملاً، وأنفق ما يزيد على العشرين مليونًا من الجنيهات.

هز المحامي رأسه مرة أخرى، وغمغم:

- معذرة يا سيد (أسامة)، ولكن حتى هذا لا يمنحك حق استغلال جسد بديلك.

لوح (أسامة) بذراعيه في سخط، هاتفًا:

- اللعنة!

ثم التفت إلى بديله، قائلًا في حدة:

- اسمع يا هذا.. إنني سأحصل على كبدك، سواء شئت أم أبيت.

قال البديل في حزم:

- لن تحصل عليه بالقوة أبدًا.

انتزع (أسامة) دفتر شيكاته من مكتبه في حدة، وهو يقول:

- سأشتريه إذن.. كم تطلب مقابلاً له.

أجابه في صرامة:

- قلبك.
احتقن وجه (أسامة) وهو يهتف:
- أيها اللعين.. إنك ستعطيني كبدك، لأنني أحتاج إليه لأحيًا.
هتف البديل:
- ولم لا أحيا أنا؟
- لأنني تسببت في وجودك.
- هذا لا يمنحك الحق في قتلي.
- ولكنني تسببت في وجودك من أجل كبدك.
- وأنا لن أمنحك حياتي.
التفت (أسامة) إلى (علياء)، صائحًا في حنق:
- أرأيت ما الذي فعلته تجاربك العلمية السخيفة؟!.. كان يمكنني أن أحصل على كبده، وهو غارق في غيبوبته، ولكنك أصررت على إيقاظه، حتى نتصارع معًا هكذا.
غمغمت في توتر وألم:
- لم أدر أن هذا سيحدث.
هتف به البديل في صرامة:
- لا تتحدث إليها هكذا.. إنها سيدة رائعة.
صرخ فيه (أسامة):
- اخرس أنت.
ثم التفت إلى (علياء)، مستطردًا في حدة:
- اخلقي بديلاً آخر.. إنني أحتاج إلى كبد.
تدخل طبيبه المعالج، قائلًا:
- ولكن هذا غير صالح عمليًا يا سيد (أسامة)، فكبدك لن يحتمل عاما آخر، بواسطة الكبد الصناعية، فلقد ساءت حالتها جدًا.
احتقن وجه (أسامة) في شدة، والتفت إلى بديله، قائلًا في حدة:
- إذن فلم تعد هناك وسيلة سواك.
قال البديل في حزم:
- وأنا أرفض التضحية بحياتي من أجلك.
صرخ فيه (أسامة):
- من تظن نفسك؟.. إنك مجرد بديل.. لا شيء.. إنك..
بتر عبارته بغتة، واتسعت عيناه، وكأنما قد انتبه إلى أمر غاب عنه طويلاً، وهو يهتف:

- هذا صحيح.. إنك لا شيء.

غمغمت (علياء) في حيرة:

- ماذا تعني؟

لوح بذراعيه في قوة، وهو يهتف:

- كيف لم ننتبه إلى ذلك.. إنه فعلا لا شيء.. إنه حتى لم يولد – قانونيًا – وليس له وجود.. أي أن قتله لا يمثل جريمة ما.. فالمرء لا يعاقب لقتله شيئًا غير موجود.

عقد مستشاره القانوني حاجبيه، وهو يقول في توتر:

- ماذا تعني؟

هتف به في انفعال:

- أعني أن هذا الشيء لا وجود له رسميًا، وسأستغل هذا لانتزاع كبده من بطنه، على الرغم منه.

انعقد حاجبا البديل في شدة، في حين هتف المستشار القانوني:

- ولكنها جريمة قتل.

صرخ (أسامة)، وقد فقد السيطرة على أعصابه تمامًا:

- فليكن.. سأحصل على كبد ذلك البديل، مهما كان الثمن.. لقد احتملت كثيرًا، لأحصل عليه.. إنني لن أنفق عشرين مليونًا من الجنيهات مقابل لا شيء.. يكفي أنني احتملت حب تلك المأفونة طيلة عام كامل.

شحب وجه (علياء) في شدة، وهي تقول في ارتياع:

- (أسامة).. ماذا تقول؟

التفت إليها صارخًا:

- أقول أنك بغيضة.. أبغض امرأة رأيتها في حياتي كلها.. وإنني قد احتملت سخافاتك طوال عام كامل، من أجل هذه الكبد..

هتفت منهارة:

- إذن فأنت لم تحبني أبدًا!!

أطلق ضحكة عصبية، وهو يهتف:

- أحبك؟!.. وهل صدقت أن يحبك مخلوق أيتها الملعونة؟!.. إنك أسخف امرأة في الوجود.. إنك..

صرخت بيه:

- كفى.. كفى..

وفجأة هب البديل واقفًا، وهو يهتف:

- نعم.. كفى.

وبغته، هوى بقبضته على فك أحد الحارسين، المحيطين بيه، وهوى بقبضته الأخرى على معدة الآخر، ثم اندفع نحو الباب، فصاح (أسامة):
- لا تسمحوا له بالفرار.. اقبضوا عليه.
ولكنه نجح في فتح الباب، وانطلق يعدو بأقصى ما يملك من قوة..
وانطلق حراس الأكاديمية كلهم خلفه..
وأطلق أحدهم عليه رصاصتان، فصرخ (أسامة):
- لا.. لا تقتلوه..
كانت الدهشة تملأ نفوس الحراس حقًا ، وهم يشاهدون نسختين متطابقتين تمام التطابق من رئيسهم.. إحداهما تأمر بالإمساك بالأخرى..
وراح البديل يعدو نحو جراج سيارات الأكاديمية، وذاكرته التي ورثها عن (أسامة) ترشده إلى هدفه، وهو يلهث في ألم، من جرح أصاب ساقه.. وقفز داخل سيارة (أسامة) الخاصة، وأدار محركها، وانطلق بها.. فصرخ (أسامة)، وهو يراقبه من مكتبه في أعلى:
- أوقفوه..
وإثر النداء، لم يجد أحد الحراس أمامه سوى أن يصوب مسدسه إلى البديل.. وأن يطلق النار..
ورأى الجميع البديل ينثني في ألم، فوق عجلة القيادة.. ثم يعتدل مرة أخرى، ويزيد من سرعة سيارته، حتى يحطم بوابة الأكاديمية، وينطلق مبتعدًا..
وصرخ (أسامة) في بأس:
- لقد هرب.. اللعنة!! لقد هرب.
في حين غمغم طبيبه الخاص ذاهلاً:
- كيف أمكنه أن يقود السيارة؟
غمغمت (علياء) في مرارة:
- إنه يملك الكثير من ذاكرة (أسامة).
ثم أضافت في بغضاء:
- ذلك القذر.
تناهت الكلمة إلى مسامع (أسامة)، فالتفت إليها صارخًا:
- اخرجي من هنا.. لا أريد رؤية وجهك مرة أخرى.. اخرجي.
غادرت الحجرة، وهي ترميه بنظرة كراهية عنيفة، فمال نحوه طبيبه، قائلًا:
- لا ينبغي أن تعاديها هكذا، فلربما..
صرخ فيه مقاطعاً:
- فلتذهب إلى الجحيم.. لقد احتملتها طويلاً..

ثم التفت إلى رئيس حراسه، قائلًا:

- أطلق كل رجالك خلف ذلك البديل يا رجل.. أريده مهما كان الثمن.. هل تفهمني؟

وبرقت عيناه في وحشية، وهو يكرر:

- مهما كان الثمن..

***

الثمن..

كان الليل قد انتصف تقريبا، و(أسامة) ما زال يجلس في مكتبه، في الطابق العلوي من أكاديميته الطبية الحديثة، والحنق لم يفارقه بعد..

كان مستعدًا لدفع نصف عمره، مقابل استعادة ذلك البديل..

كان هذا هو أمله الوحيد في الحياة..

وفي استبدال كبده المريضة..

وبينما استغرقته الأفكار، سمع طرقات هادئة على باب حجرته، فقال في حدة:

ـ ادخل.

أدهشه كثيرًا أن يرى (علياء)، وهي تدلف إلى حجرته، فغمغم في قسوة:

ـ ماذا تريدين؟

تقدمت نحوه في صمت، وجلست على المقعد لمكتبه، فردد في غلظ:

ـ سألتك ماذا تريدين؟

ازدردت لعابها، وهي تقول:

ـ أريد معاونتك.

أدهشته كلمتها، فقال:

ـ معاونتي؟!.. أنت؟

قالت في حزم:

ـ نعم.. أنا الوحيدة التي تملك معاونتك الآن.

صاح فيها محنقًا:

ـ خطأ.. حتى ذلك التزاوج اللاجنسي لم يعد صالحًا لإنقاذي.. هل سمعت ما قاله طبيبي؟.. إن كبدي لن تحتمل عامًا آخر هكذا، حتى يمكنك إنتاج بديل ثان.

قالت في حدة:

ـ ومن قال إنني سأنتج بديلاً كاملاً؟

ثم خفت صوتها، وهي تستطرد:

ـ إنني استطيع أن أنتج لك كبدًا سليمة.

حدق فيها في دهشة، وهتف في انفعال:

ـ حقًا ؟

أومأت برأسها إيجابا، وهي تقول:

ـ نعم.. ولن يستغرق هذا أكثر من شهر.

هتف في دهشة:

- ولماذا لم تلجئي إلى ذلك منذ البداية؟

قالت في هدوء:

- لم يكن ذلك التطور قد أدخل على علم التزاوج اللا جنسي بعد عندما بدأت تجربتي السابقة، لأنتج لك البديل الكامل.

تهللت أساريره لحظة، ثم لم يلبث أن شعر بشك عنيف يعصف به، فسألها في حذر:

- ولكن لماذا تفعلين هذا؟

وهتف مستدركًا:

- لا تقولي إن الحب هو السبب.

هزت رأسها نفيًا، وهي تقول في ازدراء:

- ليس الحب بالطبع، فأنت رجل لا قلب له، ولن تحب أبدًا.

ثم أضافت في حزم:

- إنه المال.

تراجع في مقعده، وشبك أصابع كفيه أمام وجهه، وهو يقول:

- المال؟!.. نعم.. إنني أفهم هذه اللغة.. كم تريدين؟

أجابته في برود:

- عشرة ملايين.. بخلاف التكلفة الفعلية.

عقد حاجبيه في غضب، وهو يقول:

- أيتها الجشعة.

ثم أضاف:

- حسنا.. سأدفع لك ما تريدين.

قالت في غموض:

- سنوقع عقدًا بذلك.

قال في حدة:

- فليكن.

فتحت حقيبتها الصغيرة، وأخرجت قلما مذهبًا، وابتسمت ابتسامة كبيرة، وهي تقول:

- ها هو ذا توقيعي.

وفجأة، قفزت من سن قلمها ذرة صغيرة، التصقت بعنقه، فهتف في ألم:

- ما هذا؟

رأى عينيها تبرقان على نحو أرعبه، وهي تقول:

- لا تقلق.. سيزول الألم في سرعة، فهذا مجرد مخدر.

دارت به الدنيا، وحاول أن يتشبث بحافة مكتبه، وهو يغمغم:

- مخدر.. لماذا؟!

قالت في غموض:

- بسبب الحب هذه المرة يا (أسامة).. الحب الذي تجهله.

غمغم في دهشة:

- الحب؟!

ثم أظلمت الدنيا كلها في وجهه، وسقط فاقد الوعي..

***

عندما استعاد (أسامة) وعيه، حدث هذا في سرعة، وبدت له المشاهد من حوله مهتزة لحظات، ثم لم تلبث أن اعتدلت ليميز مصباحًا ضخمًا فوق رأسه، و(علياء) في زي الجراحة، ترتدي قفازيها الجراحيين، وتعد المساعد الطبي الإليكتروني، فغمغم في توتر:

- أين أنا؟

التفتت إليه (علياء) في هدوء، وقالت وهي تكمل ارتداء قفازها الطبي:

- أنت هنا يا (أسامة)، في غرفة جراحات القلب. غمغم في قلق:

- وماذا أفعل هنا؟

أشارت إلى المنضدة الجراحية المجاورة، وهي تقول:

- إنه يحتاج إليك.

حاول أن يستدير بجسده كله إلى حيث تشير، إلا أنه كشف كونه مقيدًا إلى مائدة الجراحة في إحكام، فأدار عينيه إلى حيث أشارت.. وأدهشه أن يري بديله ممددًا على منضدة الجراحة المجاورة، وقد راح في نوم صناعي عميق، فقال:

- بديلك هذا يختلف عنك كثيراً يا (أسامة).. إنه شهم.. وهو يحبني.. يحبني بحق.. أتعلم أين ذهب بعد أن فر منكم؟.. لقد ذهب إلى شقتي مباشرة.. كان هناك جزء من ذاكرتك في عقله، أنبأه بموضع شقتي.. وهناك علمت أنه يحبني حبًا لم أحلم به من قبل..

وصمتت لحظة، ثم قالت:

- ويحتاج إلي.

ثم أمسكت محقنًا، وكشفت ذراع (أسامة)، ودست إبرة المحقن في عروقه، ودفعت في العروق سائلاً كثيفًا، فهتف (أسامة):

- ما هذا؟.. ماذا ستفعلين بي؟

أجابته في برود:

- إنه مخدر طويل المفعول.

هتف في ذعر:

- لماذا؟!

أشارت مرة أخرى إلى المنضدة المجاورة، حيث يرقد البديل، وأجابت:

- لقد أصابه رجالك في قلبه، وهو يحتضر.. والوسيلة الوحيدة لإنقاذه هي عملية نقل قلب سليم إليه، بدلاً من قلبه التالف، وأنت تعلم فصيلة دمكما النادرة، وإمكانية أن أقوم بالعملية وحدي، بمساعدة المعاون الإليكتروني.

أدرك (أسامة) ما تعنيه، وصرخ:

- لا.. ليس قلبي.. أريد أن أحيا.. من أجل الأكاديمية.

أجابته في صرامة:

- إنك لا تستخدم قلبك أبدًا يا(أسامة)، ولا حاجة لك به، وليطمئن قلبك بشأن الأكاديمية، فأنت وهو متطابقان تمامًا.. وسيحمل اسمك وقلبك، بالإضافة إلى كبد سليمة، وسيحصل على الأكاديمية أيضًا..

صرخ متوسلاً:

- لا يا (علياء).. أرجوك.

قالت في صرامة:

- إنه يحبني يا (أسامة)، وليس لدى بديل.

راح يصرخ متوسلًا، ومتضرعًا، ولكن المخدر القوى تسلل إلى رأسه في سرعة، فتراخت أطرافه، وفقد وعيه، وهو يعلم أنه لن يستيقظ من غيبوبته هذه المرة.. لن يستيقظ أبدًا..